MÄRCHEN

Helmut Wittmann

VON DER WUNDERNACHTIGALL

ZU DEN QUELLEN DER INSPIRATION

ARTWORK

Michaela Haager

DerKoenigVerlag

1. Auflage Mai 2002

DerKoenigVerlag Georg Greutter
Kupelwiesergasse 27, A-1130 Wien
Telefon (0043) 676 4244260, Fax (0043) 1 532057021
internet: http://www.derKoenig.net
e-mail: info@derKoenig.net

Gedanken zum Märchen:
Helmut Wittmann im Interview mit Ursula Burkert
in der ORF-Sendung "Gedanken", Erstausstrahlung am 10.9.1993
Illustrationen: Michaela Haager
Layout/Satz: Michaela Haager, office@michilangelo.at
Lektorat: Ulrike Prochazka
ISBN 3-902098-05-8

WIDMUNG

Dieses Buch ist meiner Mutter Anna Wittmann gewidmet.
Sie hat in mir die Lust am Zuhören und Erzählen geweckt.

Gewidmet ist es aber auch meiner Frau Ursula und
unseren Töchtern Heidemarie, Sigrid, Gundula und Clara, sowie
all den Freundinnen und Freunden, die mir bei inspirierenden
Gesprächen immer wieder ein Licht haben aufgehen lassen.

Besonderen Dank an Ursula Burkert. Sie hat mir
im Interview für die ORF-Sendung »Gedanken« eine Reihe
anregender Fragen gestellt und erstaunliche Antworten entlockt.
Beiträge von ihr sind regelmäßig in der Sendung
»Ambiente« im Radioprogramm Ö1 zu hören.

Dank auch an René Freund und Helmut Olesko.
Sie haben wesentlich zum Entstehen dieses Bandes beigetragen.

Möge diese Sammlung bei allen, die sie lesen, zu vielen
glücklichen Einfällen führen.

INHALT

GEDANKEN

Märchen sind ganz bestimmt etwas für Kinder, weil sie einen wachen, unverbildeten Intellekt und natürlich auch das Herz ansprechen. Man darf nicht vergessen, wir Erwachsene sind ja schon von hinten bis vorne und von oben bis unten angefüllt mit Zivilisationsschutt. Wir werden berieselt und bestrahlt und mit Informationen zugeschüttet, dass wir oft gar nicht mehr aus oder ein wissen. Diese Informationsflut schwappt über uns drüber. Bei Kindern ist das noch nicht so. Die haben noch eine sehr unverbildete Sicht der Dinge. Darum werden sie vom Märchen noch viel direkter angesprochen als wir.

MÄRCHEN FÜR ERWACHSENE

Aber wir Erwachsene brauchen die Märchen natürlich umso mehr. Märchen sind gerade für Erwachsene meines Erachtens das, was für einen Computer ein Anti-Viren-Programm ist. Sie zeigen uns unter dem ganzen Zivilisationsschutt wieder das Skelett der Wirklichkeit. Sie halten uns bildhaft vor Augen, worauf es wirklich ankommt und worauf wir achten müssen. Und sie zeigen uns, wo wir vielleicht in die Fallen hineingetappt sind. Gleichzeitig sagen sie uns auch, wie wir wieder herauskommen. Man muss nur offen sein dafür. Wenn jemand den Zugang zur Symbolsprache der Märchen an sich nicht findet, dann ist es natürlich schwer – und doch so einfach: Es genügt, sich der Geschichte in aller Ruhe hinzugeben und die Bilder auf sich wirken zu lassen. Ich merke immer wieder, gerade wenn ich erzähle, dass auch Leute, die sonst keinen Zugang zum Märchen haben, auf einmal auf die oder die Geschichte anspringen, weil es genau ihre Geschichte ist. So wirkt das Märchen.

VOR

LANGER,
LANGER ZEIT,
WAR'S
GESTERN
ODER WAR'S
HEUT',

Eine österreichische Lügengeschichte

... wie die Hendln auf Stelzen herumstolziert sind und der Adler den Kanal ausgeräumt hat. Die Elefanten sind aus den Eiern geschlüpft und die Nasenmänner haben aus den Spinnweben diese Geschichte geflochten.

Zu der Zeit bin ich vergnügt vor mich hingegangen. Fast hätte ich mich nicht mehr eingeholt. Was kommt da durch die Luft daher!? Eine weiß-gescheckte Kuh. – Genau ins Nasenloch fliegt sie mir hinein. – Drauf habe ich so gewaltig niesen müssen, dass es mich aus mir hinausgerissen hat. Sieben Tage und sieben Nächte bin ich durch die Luft geflogen. Unter mir kein Wasser. Unter mir kein Land. So bin ich auf einer Erbse gelandet. Was sehe ich da!? – Die hat ein Loch. Neugierig kraxle ich hinein. Da geht es steil hinunter – immer tiefer und tiefer. Unversehens bin ich ausgerutscht und gefallen. Dreimal ist mir im Fallen der Bart gewachsen. Viermal sind mir die Haare ausgegangen. Unten aber bin ich so tief in die Erde hineingeteufelt, dass ich heimgehen hab müssen und Krampen und Schaufel holen. Nur so habe ich mich wieder ausgraben können.

Kaum heraußen höre ich ein Hüpfen und Poltern. Ein Backhendl tanzt auf mich zu. Mit seinen Hühneraugen hat es mich angelacht. Aus seinem Schnabel aber ist ein Bach entsprungen. Der stürzt gleich in eine Schlucht! Dabei hat er sich alle Knochen gebrochen. »Das hast du davon!«, hab ich geschrien, »Warum fällst du auch schon über das eigene Wasser?«

Mit einem Mal hat mich ein furchtbarer Durst geplagt. Aber das Wasser ist tief unten! Was soll ich machen? – Vor lauter Durst war ich außer mir. So hab ich mir den Kopf abgerissen und ins Wasser geschmissen. Dort hat er endlich trinken können. Ich war zufrieden. Mich hat kein Durst mehr geplagt. Jetzt ist mir leichter gewesen.

Im Weitergehen sehen wir drei am Wegrand die Frau Gott sitzen. Wunderschön ist sie – ein Bild von einer Frau. Ruhig ist sie dagesessen und hat meinem neugeborenen Vater die Brust gegeben. Der hat ihr derweil mit einem langen Messer den Bart abrasiert. Ich hab das alles kaum glauben können. Da dreht sich mein Vater um: »Was schaust du so dumm, du Mann ohne Schädel!?«

Da merke ich erst: Ich habe den Kopf im Wasser vergessen. Geschwind zurück zum Wasser! Aber der Kopf hat sich derweil so tief ins Wasser hineingesoffen. Wie soll ich ihn je wieder kriegen!? – Schließlich ist mir etwas eingefallen: Ich hab meine Rute herausgeholt, diese Geschichte dran gebunden und ins Wasser hineinhängen lassen. Gleich hat er angebissen – der Schädel. Denn wie jede Lügengeschichte hat auch die hier einen Haken.

Bild: Vor langer, langer Zeit, war´s gestern oder war´s heut´...

ENDE

GEDANKEN

Das schöne am Märchen ist, dass es sich so harmlos gibt. Es kommt daher im Gewand einer harmlosen Kindergeschichte, sickert ins Hirn und geht dabei zu Herzen. Das heißt, es überwindet diese intellektuelle Barriere recht leicht. Und auf einmal spürt man, da ist was drin. Plötzlich hat man ein Aha-Erlebnis und es geht einem ein Licht auf, wie man so schön sagt. Das Märchen wirkt eben nicht schulmeisternd und sagt nicht, die eine Lösung ist richtig und die andere falsch, sondern es umgeht den Intellekt und wirkt von innen, vom Herzen heraus. Auf einmal sieht man eine Situation ganz anders, und man fragt sich: "Mein Gott, warum bin ich denn da nicht früher drauf gekommen?“ Natürlich gibt es Leute, die versuchen das Märchen rein intellektuell zu analysieren. Das Problem dabei ist: Hat man es analysiert, dann ist nichts mehr davon übrig. Damit bringt man sich selbst um die Früchte des Märchens. Wenn ich aber das Märchen einfach auf mich wirken lasse und mir bestenfalls denke: "Was für eine schöne Geschichte“, dann wirkt es. Es verändert einen von innen her.

VON DEN DREI TAUBEN MÄNNERN UND DEM STUMMEN MÖNCH

Eine orientalische Überlieferung

Vor langer, langer Zeit, war's gestern oder war's heut, da hat einmal ein Hirt gelebt. Der ist taub gewesen. Ihm hat das nichts ausgemacht. Jeden Tag hat er seine Ziegen hinausgetrieben auf die Hügel vor dem Dorf. Die Ziegen haben ihn verstanden – und er hat die Ziegen verstanden. Das Gehör ist ihm dabei nicht abgegangen.

Einmal ist er mit den Tieren wieder früh am Morgen hinausgezogen. Kaum angekommen fällt ihm ein, dass er seine Jause zu Hause vergessen hat. Was soll er jetzt tun? Er kann doch nicht den ganzen Tag ohne Essen und Trinken bleiben! Wie er sich umschaut, sieht er nicht weit von sich einen Mann. Der mäht mit der Sense Gras. Geschwind ist er zu dem hingegangen: »Guter Mann, ich hab eine große Bitte an dich: Wärst du so gut und würdest du auf meine Ziegen aufpassen? – Ich hab mein Essen zu Hause vergessen und möchte es mir holen.«

Leider ist der, der da gemäht hat, auch taub gewesen. So hat er kein Wort verstanden. Er hat nur gesehen, wie der andere auf die Ziegen deutet, und gemeint, dass der etwas vom frisch gemähten Gras will. Drum ist er ärgerlich geworden. »Schau, dass du weiterkommst!«, hat er gerufen, »Ich habe genug von Leuten wie dir, die mir das bisschen Gras, dass ich mühsam abgemäht habe, auch noch abbetteln wollen.« Mit einem Wink hat er ihm gedeutet, dass er verschwinden soll.

Dann hat er auf die Ziegen gezeigt und gesagt: »Verschwinde zu deinen Ziegen, bevor ich richtig wütend werde!«
Der Hirt wiederum hat nur gesehen, dass der andere auf die Ziegen zeigt und deutet, er soll weggehen. »Ich danke dir, guter Mann«, hat er daraufhin gesagt, »Und ich verspreche dir: Ich bin so schnell wie möglich wieder zurück.«

Der Hirt ist also geschwind nach Hause gelaufen und hat Essen und Trinken geholt. Wie er wieder zurück gekommen ist, haben die Ziegen friedlich am Hügel gegrast. Keine hat gefehlt. Der mit der Sense hat immer noch Grünfutter gemäht.

»Was für ein edler Mensch«, hat sich der Hirt gedacht, »Er schaut auf meine Ziegen und macht gar kein Aufhebens deswegen. Nein, er mäht einfach weiter, als ob nichts wäre. Er verlangt weder Lohn noch Dank. Ich werde ihm dafür das kleine Kitz mit dem wehen Haxen schenken. Das wollte ich sowieso schlachten.«

Und so hat der Hirt das Kitz gepackt, über seine Schultern gelegt, und ist zu dem Mann auf die Wiese gegangen. »Ich danke dir, dass du auf meine Ziegen aufgepasst hast«, hat er zu ihm gesagt, »Nimm dafür dieses Kitz. Du siehst, es hat einen wehen Fuß. Aber sein Fleisch ist zart und fein. Wenn du es schlachtest, hast du mit deinen Leuten ein gutes Essen.«

Bilder: Von den drei tauben Männern und dem stummen Mönch

Der mit der Sense hat natürlich wieder kein Wort verstanden. Er hat nur gesehen, wie der andere ihm das Kitz vor die Nase hält und auf den wehen Fuß von dem Tier deutet. So ist er gleich wieder ärgerlich geworden: »Was kann ich dafür, dass die Ziege einen wehen Fuß hat!? – Ich habe hier die ganze Zeit gemäht. Was gehen mich deine Tiere an!« Voller Wut hat er dem anderen gedeutet, dass der verschwinden soll.

»Mir scheint, du verstehst da etwas falsch«, hat der Hirt daraufhin gesagt, »Das Kitz ist ein Geschenk von mir. Du bekommst es ohne einen Hintergedanken. Also nimm es und tu damit, was du willst. Es soll zu deinem Besten sein.«
Der andere ist jetzt aber nur umso wilder geworden. Das wiederum hat der Hirt ganz und gar nicht verstanden. Bald war eine lautstarke Streiterei im Gang.

Da ist einer auf einem Pferd dahergeritten gekommen. »Halt ein, guter Mann!«, hat da der Hirt gerufen, »Kannst du mir erklären, warum der Mann so wütend ist? – Ich wollte ihm nur das Kitz geben. Frag ihn doch, warum er mein Geschenk nicht annehmen will?«

»Sag ihm, er soll sich mit seiner verletzten Ziege zum Teufel scheren!«, hat der andere geschrien, »Ich weiß nicht, warum sie einen wehen Haxen hat. Was geht das denn mich an!?«

Zu allem Unglück ist auch der Reiter so taub gewesen wie ein Türpfosten. Neugierig ist er abgesessen – und schon haben ihn die zwei in ihren Streit hineingezogen. Einer wie der andere haben sie geschrien und mit den Händen herumgefuchtelt. Der Reiter hat schließlich gesagt: »Ihr guten Leute, beruhigt euch doch. Ich gebe es ja zu: Ich habe das Ross gestohlen. Aber woher hätte ich denn wissen sollen, dass es euch gehört?« Bald haben sie zu dritt aufeinander losgebrüllt. Der Tumult ist immer größer geworden.

Da ist ein Wandermönch am Weg dahergekommen. »Ehrwürdiger Vater!«, hat ihn der Reiter gerufen, »Könnt ihr mir erklären, warum die zwei toben? – Ich gebe es ja zu: Ich habe das Pferd gestohlen. Sie sollen es nehmen und mir meinen Frieden lassen!«

»Sagt ihr doch dem Dummkopf, er soll sich mit seiner Geiß zum Teufel scheren!«, hat der mit der Sense gebrüllt.
Der Hirt wieder hat geschrien: »Was soll das!? – Ich meine es gut mit ihm und will ihm ein Kitz schenken! – Statt dankbar zu sein und sich zu freuen, behandelt er mich, als ob ich ihm weiß Gott was angetan hätte!«

Der Wandermönch hat die drei wohl verstanden. Reden hat er aber nicht können. Denn er ist stumm gewesen. Darum hat er ihnen in aller Ruhe zugehört und tief in die Augen geschaut. So lange und so tief, dass die drei unruhig geworden sind. Das Ganze war ihnen unheimlich. Sie haben Angst bekommen, er könnte sie verhexen.

So hat sich der Reiter schnell entschlossen auf das Pferd geschwungen und ist fort geritten. Der Hirt ist mitsamt dem Kitz wieder zurück zu den Ziegen und hat sie weitergetrieben – hinein in die Hügel. Der Mann mit der Sense aber hat das Gras in ein großes Heutuch gepackt und den schweren Binkel so schnell es gegangen ist nach Hause geschleppt.

Der Wandermönch ist alleine zurückgeblieben. »Manchmal ist reden so sinnlos, wenn es darum geht, jemand anderem etwas mitzuteilen«, hat er sich gedacht, »Gott weiß, wozu wir die Sprache wirklich bekommen haben.« – Langsam und bedächtig ist er weitergegangen.

ENDE

Bild: Von den drei tauben Männern und dem stummen Mönch

GEDANKEN

Im Märchen sind die Märchenheldinnen oder Märchenhelden natürlich Individuen. Das Entscheidende ist, sie sind weder egoistisch noch egozentrisch. Sie sind mit allem verbunden, sie reden mit jedem, sei es mit Tieren, sei es mit Menschen, sei es mit Fabelwesen.
Der Märchenheld und die Märchenheldin sind so fest mit jeder Faser mit ihrer Welt verbunden, dass sie nie darauf gekommen wären, dass es so etwas gibt wie eine "Umwelt" – eine Welt, die um mich ist, die mit mir nichts zu tun hat. Ich bin mit jeder Faser Bestandteil dieses Planeten, setze mich aus Elementen dieses Planeten zusammen. Das ist ins Märchen mit einer unglaublichen Selbstverständlichkeit hineingewoben. Der Gedanke, dass ich etwas Gutes tun muss für die Umwelt, kommt da nicht vor. Aber mit aller Deutlichkeit wird ausgesprochen, dass ich auf meine Welt achten muss, weil ich Bestandteil dieser Welt bin, und wenn es irgendeinem Teil dieser Welt schlecht geht, dann geht es mir auch schlecht.

Beeindruckend ist es auch, dass die Märchenhelden oft das Unmögliche wagen. Sie werden aus ihrem alltäglichen Leben gerissen und herausgefordert. Die einen zwingt die Not, die anderen ziehen freiwillig aus, um eine wichtige Aufgabe zu lösen oder das Glück zu finden. Immer heißt es dann Prüfungen bestehen. Oft gehen diese weit über ihre vermeintlichen Kräfte. Unter dem Zwang des Schicksals oder aus eigenem Antrieb müssen sie das schier Unmögliche tun – und sie schaffen es. Das ist meines Erachtens genau die Botschaft, die im Märchen immer wieder drin steckt: "Wenn du dich in eine Situation hinein bringst, die schlimm ist, dann bist du sehr wohl auch in der Lage, dich wieder heraus zu bringen. Und wenn du dich beim eigenen Schopf aus der Suppe heraus ziehen musst." Dass man nicht kleinmütig und verzagt zum Jammern anfängt, sondern dass man die schlimme Situation einmal als gegeben annimmt und schaut, was kann man daraus machen. Denn es geht nicht darum, dass man im Dreck sitzt, sondern es geht darum, dass man weiß, wo man hin will.

VON DER WUNDER-NACHTI-GALL

Ein Märchen der Bukowiner und Siebenbürger Armenier

Vor langer, langer Zeit, war‘s gestern oder war‘s heut, da hat einmal ein König gelebt. Der hat mit seiner Frau und seinen drei Söhnen über ein gewaltiges Reich regiert. Weitum war Frieden im Land. Die Leute haben ein Leben in Wohlstand und in Zufriedenheit geführt. So ist auch der König ganz und gar glücklich gewesen.

Einmal ist er wieder am höchsten Turm von seinem Schloss gestanden, hat über das Land geschaut und zu sich selber gesagt: »Wahrlich, es fehlt uns an nichts. Überall herrschen Wohlstand und Eintracht. Darum soll Gott zu Ehren eine Kirche errichtet werden, wie sie die Welt noch nicht gesehen hat.«

Daraufhin hat er die besten Architekten und Bauleute aus der ganzen Welt zusammenrufen lassen und zu ihnen gesagt: »Hört mir zu! Ihr sollt eine Kirche bauen, wie sie prächtiger nicht sein könnte. Achtet nicht auf das Geld und schaut nicht auf das Gold. Ihr werdet alles bekommen, was ihr braucht.« Da haben die Architekten und Bauleute eine Kirche errichtet, wie sie schöner und prächtiger nicht sein hätte können. Von weitum sind die Leute gekommen und haben den Bau bewundert. Wie sie fertig gewesen ist, ist der König durch den Bau gegangen. »Wahrlich«, hat er gesagt, »Diese Pracht ist nicht zu übertreffen.«
In dem Moment ist vor ihm ein schwarzer Mönch erschienen. »Herr«, hat der gesagt, »Diese Kirche ist wirklich schön.

Aber es fehlt etwas.« Hat's gesagt und ist wieder verschwunden. Der König aber war jetzt wütend. »Eine Kirche in der etwas fehlt, die kann ich nicht gebrauchen!«, hat er geschrien und den Bauleuten angeschafft, »Schleift die Kirche bis auf die Grundmauern. Baut darauf eine Neue. In der darf nichts, aber auch gar nichts fehlen!«

So ist der prächtige Bau auf der Stelle niedergerissen worden. Die Bauleute haben sich wieder ans Werk gemacht. War die erste Kirche schon eine Pracht, so haben sie es diesmal geschafft, die Pracht noch zu übertreffen. Drei Länder weit war das Funkeln und Glänzen zu sehen. Von überall her sind die Leute gekommen und haben den Bau bewundert. Schließlich ist auch der König wieder durch die Kirche gegangen. Der Prunk hat ihn schier geblendet. »Ja«, hat er zu den Bauleuten gesagt, »Diese Pracht ist nicht mehr zu übertreffen!«
In diesem Moment ist ihm aber wieder der schwarze Mönch erschienen: »Ihr habt Recht, Herr!«, hat er gesagt, »Diese Kirche ist schöner als die andere. Ihre Pracht ist schier nicht zu überbieten. Aber es fehlt etwas.« Hat's gesagt und ist wieder verschwunden. Der König aber war außer sich vor Wut: »Reißt alles nieder!«, hat er geschrien, »Und baut eine neue Kirche. Schaut nicht auf das Geld! Schaut nicht auf das Gold! Diese Kirche muss schöner und prächtiger sein als alles, was es bisher gegeben hat – gleich, was es kostet!«

Bild: Von der Wundernachtigall

Wieder haben die Bauleute alles niedergerissen und von Neuem angefangen mit dem Bau. So strahlend und voller Pracht ist die Kirche geworden, dass man sie jetzt sieben Länder weit funkeln gesehen hat. Von weiß Gott wo sind die Leute gekommen um den Bau zu bewundern.

Wie der König diesmal durch die Kirche gegangen ist, da ist ihm der Mund offen gestanden vor Staunen und Verzückung. »Wahrlich«, hat er gesagt, »Dieses Bauwerk ist vollendet. Es gibt wohl nichts Prächtigeres auf dieser Welt. Wie habt ihr das nur vollbracht!?«
In diesem Moment ist aber wieder der schwarze Mönch vor ihm erschienen und hat gesagt: »Herr, diese Kirche ist wirklich prächtiger als alles, was es je gegeben hat. Aber etwas fehlt!« »Nein!«, hat der König da geschrien, »Nichts, aber auch gar nichts fehlt! Siehst du nicht den Glanz und die gewaltige Pracht? Was sollte hier wohl fehlen!?« »Was darin fehlt!?«, hat der Schwarze gesagt, »Ich werde es Euch sagen: Die Wundernachtigall, die drin singt! Die fehlt.« Der Mönch ist daraufhin wieder verschwunden.

Der König aber war jetzt ganz und gar niedergeschlagen. Was nützt der prächtige Bau mit all dem Glanz und dem Reichtum, wenn etwas fehlt!? Und wo soll er die Wundernachtigall hernehmen? Geld, Gold und Edelsteine – alles ist zu beschaffen! Aber die Wundernachtigall!?

Mit hängendem Kopf ist der König dagesessen und hat trübselig geschaut. Die Söhne haben seine Niedergeschlagenheit nicht mitansehen können. »Lieber Vater«, haben sie gesagt, »Sei unbesorgt! Wir werden uns aufmachen und die Wundernachtigall für dich holen.« Da ist ihm leichter gewesen. Er hat ihnen seinen Segen gegeben und die drei Söhne haben sich aufgemacht. Stolz sind sie hinausgeritten in die Welt.

Bei einer Wegkreuzung haben sie beschlossen sich zu trennen. »In einem Jahr werden wir uns hier wieder treffen«, haben sie ausgemacht. Dann ist jeder seinen eigenen Weg geritten. Der Ältere den rechten Weg, der Mittlere den linken, der Jüngere geradeaus. Der Älteste ist auf seinem Weg in eine Königsstadt gekommen. Die Prinzessin dort hat ihm gefallen. So ist er bei ihr geblieben.

Der Mittlere ist durch einen tiefen Wald geritten. Wie er aus den Bäumen wieder hinaus kommt, liegt eine weite Heide vor ihm. Da und dort sind sonderbare Felsgebilde zu sehen gewesen. Wie aus dem Nichts steht plötzlich ein großmächtiger, schwarzer Mann vor ihm. »Was willst du hier?«, hat ihn der gefragt. »Nichts!« – Da hat ihn der schwarze Riese angespuckt – und der Königssohn ist zu Stein geworden.

Der Jüngste ist auf seinem Weg immer tiefer und tiefer in den Wald hineingeritten. Mittendrin war eine Lichtung. Auf der ist eine Quelle aus einem Felsen gesprudelt. Wie der Königssohn dorthin reitet, sieht er auf der Wiese eine Taube liegen. Ihr Rücken ist blutig zerfleischt. Sofort ist er abgestiegen, hat die Taube aufgehoben, ihre Wunde im frischen Quellwasser ausgewaschen und sie so gut wie nur möglich versorgt.

Kaum, dass das geschehen war, hat sich die Taube geschüttelt und ist auf einen Baum geflogen. Dort hat sie zu gurren angefangen: »Mein lieber Königssohn, ich danke dir und will dir deine gute Tat vergelten. Ich weiß, du suchst die Wundernachtigall. Tu, was ich dir sage, und du wirst sie finden. Zuallererst reite auf deinem Weg weiter hinein in den Wald. Nach Tagen wirst du zu einer Quelle kommen. Ihr Wasser ist von der Fee, die die Wundernachtigall in ihrem Besitz hat, verdorben. Trinke vom Wasser und lobe es. Dann wirst du in eine Au kommen. Die ist voller Unkraut. Die Fee hat dort die Blumen verdorben. Pflücke ein Kraut und lobe es.« So hat ihm die Taube haarklein gesagt, was sonst noch alles zu tun ist. Schließlich hat sie ihm aufgetragen: »Vergiss eines nicht: Im Zaubergarten von der Fee wirst du einen silbernen Baum sehen. Darauf hängt in einem goldenen Käfig die Wundernachtigall. Darunter aber liegt die Fee und schläft. Sag nur: »Was ist denn das für ein hässliches Weib!« Dann wird die Fee noch tiefer und länger schlafen. So kannst du ohne Gefahr den Käfig nehmen und heimwärts reiten.«

Drauf ist ihm die Taube wieder zugeflogen und hat gesagt: »Reiß mir zum Abschied aus dem linken Flügel eine Feder aus. Bist du in Not, dann brauchst du sie nur zu reiben und ich werde kommen und dir beistehen.« Vorsichtig hat er der Taube eine Feder ausgezupft. Er hat ihr gedankt für ihren Rat und ist weiter geritten.

Nach Tagen ist er wirklich zu einer Quelle gekommen. Munter und klar ist dort das Wasser aus dem Berg gequollen. Der Königssohn hat sich niedergebeugt und davon gekostet. – Gleich wollte er es wieder ausspucken. So bitter und gallig hat es geschmeckt. Trotzdem hat er sich überwunden und gesagt: »Was für ein köstlicher Trunk!« Auf seinem Weg ist er bald darauf in eine Au gekommen. Überall hat hier das Unkraut gewuchert. Er hat davon gebrockt und gesagt: »Wie schön die Blumen hier blühen!« Nicht lange danach ist am Weg ein Apfelbaum vor ihm gestanden. Reich ist der mit Äpfeln beladen gewesen. Einer saftiger wie der andere. Voller Freude hat der Königssohn einen Apfel gepflückt und hineingebissen. Gleich hat es ihm den Mund verzogen vor lauter Grausen. Trotzdem hat er ihn tapfer hinuntergewürgt und gesagt: »Was für eine köstliche Frucht!«

Endlich ist er zum Zaubergarten der Fee gekommen. Das rechte Tor ist offen gestanden, das linke war angelehnt. So hat er, wie ihm aufgetragen worden war, das rechte Tor zugemacht und das linke geöffnet. Drinnen im Garten ist kein Laut zu hören gewesen. Goldene Blüten waren zu sehen. Die haben aufs Schönste geglänzt. Aber keine Biene hat gesummt und kein Vogel gezwitschert. Nicht ein Schmetterling ist herumgeflattert. Seelenruhig ist der Königssohn durch den Garten gewandert. Da hörte er mit einem Mal ein wunderschönes Singen. Neugierig ist er dem Gesang nachgegangen. Bald darauf ist der silberne Baum vor ihm gestanden. In den Ästen hat der goldene Käfig geleuchtet. Darin ist die Wundernachtigall gesessen und hat gesungen, dass es eine Freude war. Unter dem Baum aber ist eine wunderschöne Frau gelegen. Wie ein Engel hat sie ausgeschaut in ihrem Schlummer. Da hat er es beim besten Willen nicht übers Herz gebracht, ein böses Wort über sie zu sagen. Ent-schlossen hat er den Käfig heruntergeholt und ist mit der Wundernachtigall auf und davon.

Am Heimweg hat er bei der Wegkreuzung keinen von den zwei Brüdern getroffen. So ist er auf dem linken Weg in den Wald geritten, um nach dem mittleren Bruder zu schauen. Bald ist auch er auf die Heide mit den sonderbaren Felsen gekommen. Verwundert hat er sich umgeschaut. Da steht wie aus dem Boden gewachsen der schwarze Riese vor ihm. »Was willst du hier?«, fährt ihn der an. »Ich suche meinen Bruder. Weißt du, wo er ist?« »Ja«, hat der Riese gesagt, »Er ist zu Stein geworden und dir wird es nicht anders ergehen.«

Schon wollte er ihn anspucken. Aber in diesem Moment hat die Wundernachtigall zu singen angefangen. Da ist der Riese in die Knie gegangen. Die Wundernachtigall hat gesungen und gesungen. Langsam ist er in sich zusammengesunken – bis nur mehr ein Häuflein Asche von ihm übrig war. Die Felsen aber sind lebendige Menschen geworden. Unter ihnen ist auch der mittlere Bruder gewesen. Er hat den Jüngsten gar nicht beachtet und wollte sich gleich auf den Heimweg machen. Da ist ihm der Jüngste nachgelaufen. Jetzt ist die Freude umso größer gewesen.

Miteinander sind sie ausgezogen um den Ältesten zu finden. Der war immer noch in der fremden Königsstadt bei der Prinzessin. Von dort haben sie sich schließlich zu dritt mit der Wundernachtigall auf den Heimweg gemacht.
Je näher sie der Heimat gekommen sind, desto mehr haben sich die älteren Brüder geärgert. Dass gerade der Jüngste die Wundernachtigall gefunden hat, hat ihnen gar nicht gefallen. Schließlich haben sie in ihrem Unmut und in ihrem Neid beschlossen, ihn loszuwerden.

Am Weg sind sie zu einem tiefen Brunnen gekommen. »Wir haben Durst«, haben die zwei Älteren da gesagt. »Aber da ist kein Wasser!« – »Doch, doch«, haben sie gesagt, »Unten am Grund vom Brunnen ist Wasser. Du bist der Leichteste von uns dreien. Wir werden dich an einem Seil hinunterlassen.

So kannst du es für uns alle holen.« Ohne lange zu überlegen hat der Jüngste das Seil gepackt und ist tiefer und tiefer hinab in den Brunnen. Unten aber war kein Tropfen Wasser zu finden. »Zieht mich wieder hinauf!«, hat er geschrien. Da haben sie das Seil hinunterfallen lassen.

Die zwei Älteren sind mit der Wundernachtigall geradewegs heimgeritten.Voller Stolz haben sie dem Vater den Wundervogel gezeigt. Glückselig hat sie der umarmt und gesagt: »Ich danke euch. Ihr habt dafür gesorgt, dass in unserer Kirche von nun an nichts, aber auch gar nichts mehr fehlt. – In ein paar Tagen werden wir die Wundernachtigall, so wie es ihrer würdig ist, in einer großen Prozession in die Kirche bringen. Alle sollen es sehen und hören, wenn sie in der Kirche singt.«

Die Fee ist inzwischen munter geworden. Gleich hat sie gemerkt, dass die Wundernachtigall fehlt und ist zum Gartentor gelaufen. »Tor!«, hat sie gefragt, »Hast du gesehen, wer mir die Wundernachtigall gestohlen hat?« »Gesehen hab ich ihn wohl!«, hat das Tor gesagt, »Aber er hat mir Gutes getan, den verrate ich nicht.« Da ist die Fee zum Apfelbaum gelaufen. »Apfelbaum, hast du gesehen, wer mir die Wundernachtigall gestohlen hat?« »Gesehen hab ich ihn wohl. Aber er hat Gutes über meine Äpfel gesagt. Den verrate ich nicht.« Nun ist die Fee durch die Au und zu der Quelle gelaufen, aber weder die Au noch die Quelle haben ihr verraten, wer denn die Wundernachtigall gestohlen hat. So ist sie weiter durch die Welt gezogen, hat herumgefragt und gesucht.

Der Jüngste ist derweil unten im Brunnen gewesen. Hinaus hat er nicht gekonnt. Also was soll er tun? – Da fällt ihm die Feder von der Taube ein. Geschwind hat er sie gerieben. Gleich darauf ist die Taube auch schon am Brunnenrand gesessen. »Was willst du von mir?«, hat sie gefragt. »Ich bitte dich: Hilf mir heraus aus dem Brunnen.«

Da ist die Taube fort geflogen, um gleich darauf mit hunderten und tausenden von Tauben wiederzukommen. Jede von ihnen hat einen kleinen Ast im Schnabel getragen. Den haben sie in den Brunnen hineingeworfen. Nach und nach ist dort ein großer Haufen entstanden. Noch einmal sind die Tauben geflogen, und ein drittes und viertes Mal. Schließlich ist der Haufen so groß gewesen, dass der Jüngste darauf hinauf und über den Brunnenrand klettern hat können. »Ich danke euch!«, hat er den Tauben nachgerufen. Aber die sind schon wieder fortgeflogen.

In der Königsstadt ist alles für den Einzug der Wundernachtigall in die Kirche vorbereitet gewesen. Von weitum sind die Leute zusammengeströmt. Alle wollten dabei sein, wenn die Wundernachtigall das erste Mal in der Kirche singt. Der große, goldene Käfig ist auf einem Prunkwagen gestanden

Bild: Von der Wundernachtigall

und in einem feierlichen Umzug zur Kirche gebracht worden. Drinnen haben sie den Käfig über dem Altar aufgehängt.

Mucksmäuschenstill ist es mit einem Mal gewesen. Alle haben darauf gewartet, dass die Wundernachtigall zu singen anfängt. Die aber rührte sich nicht! – Die Zeit ist vergangen. Nach einer Weile hat der König seine zwei Söhne gefragt: »Soll das der Vogel sein, der so schön singt, dass einem das Herz aufgeht?« »Ja«, haben die zwei gesagt, »Er ist es wohl.« »Aber warum gibt er dann keinen Laut von sich?« »Mag sein, dass ihn der lange Weg mitgenommen hat«, hat der eine gemeint. »Vielleicht ist er auch falsch gefüttert worden«, hat der andere gesagt. Aber alles Bemühen und das beste Futter haben nichts geholfen. Die Wundernachtigall ist stumm geblieben. Enttäuscht sind die ersten Leute wieder abgezogen.

Die Fee hat sich inzwischen nach und nach durchgefragt – in die Königsstadt und hin zu der Kirche. Gerade wie die Leute aus der Kirche hinaus wollten ist sie beim Tor hinein und hinauf auf die Kanzel. »Halt!«, hat sie gerufen, »Wer hat meine Wundernachtigall gestohlen? Er ist es wert der Meine zu werden.« Verblüfft haben die Leute aufgeschaut. Der älteste Königssohn aber ist vorgetreten und hat gesagt: »Ich bin es gewesen, der die Wundernachtigall geholt hat.« »Gut!«, hat die Fee gesagt, »Dann sprich: Was hast du gesehen, wie du sie geholt hast?« »Nichts! Was hätte ich mich um anderes kümmern sollen?« »Dann bist du nicht der Richtige. Also sagt mir: Wer hat die Wundernachtigall wirklich geholt?«

Da ist der Mittlere vorgetreten: »Ich habe sie geholt.« »Du warst es also. Dann sag mir: Was hast du gesehen, wie du sie geholt hast?« »Nichts. Was hätte ich schon viel sehen sollen? – Reicht es nicht, wenn ich die Wundernachtigall geholt habe?« »Dann bist auch du der Falsche«, hat die Fee gesagt, »Wo also ist der Richtige?«

In diesem Augenblick ist der Jüngste zu der Kirche gekommen. Wie er die Fee gehört hat, hat er sich durch die Leute gedrängt und ist vorgetreten: »Du fragst nach dem, der die Wundernachtigall geholt hat!? – Ich bin es.« Kaum, dass die Wundernachtigall den Jüngsten reden gehört hat, da hat sie mit einem Mal zu singen angefangen. So schön hat sie gesungen, dass es den Leuten durch und durch gegangen ist. Alle sind wie verzaubert dagestanden. Selig verzückt haben sie ihr zugehört. Die Fee aber hat der Wundernachtigall ein Zeichen gegeben. Da ist sie wieder verstummt. »Sag mir«, hat sie den Jüngsten gefragt, »Was hast du am Weg gesehen und erlebt?« »Was hätte ich schon viel sehen und erleben sollen?« »Hast du wirklich nichts zu sagen?« Da hat der Jüngste schließlich doch angefangen zu erzählen, von der Quelle, der Wiese, dem Apfelbaum, dem Gartentor, vom Zaubergarten, von der Fee und dem, was ihm seine Brüder angetan hatten.

Wie die Fee das gehört hat, ist sie ihm entgegengegangen: »Wahrlich, du bist der Richtige. Komm und lass dich umarmen.« Darauf hat sie ihm einen Kuss gegeben. Seine zwei Brüder aber wollten sich am liebsten verkriechen. So sehr haben sie sich geschämt, dass jetzt doch noch die ganze Wahrheit ans Licht gekommen ist. Der Jüngste jedoch hat sie umarmt und gesagt: »Das, was ihr mir angetan habt, war nicht recht. Aber es fügt sich doch alles zu einem guten Ende. Drum will ich euch verzeihen.«

In diesem Moment ist mitten in der Kirche der schwarze Mönch erschienen. Er hat gerufen: »Jetzt ist die Kirche vollendet! Denn ihr tragt Gott im Herzen.« – Daraufhin ist er wieder verschwunden. Keine und keiner hat ihn mehr gesehen. Alle miteinander haben sie von nun an noch lange und gut gelebt. Glücklich sind sie auch gewesen. Geb's Gott, dass das auch uns beschert ist.

ENDE

Bild: Von der Wundernachtigall

GEDANKEN

Der Umweg ist im Märchen wie im Leben oft der richtige Weg. Wenn man einen Fluss anschaut, der unverbaut dahin rinnt, dann ist da ein Mäander nach dem anderen, das heißt, er schlängelt sich dahin. Der direkte Weg ist der Weg mit dem Kopf durch die Wand. So rennt man sich aber nur den Schädel an. Das Labyrinth ist ein schönes Bild für die Welt, in der wir leben. Wer versucht, den geraden Weg – mit dem Kopf durch die Wand – durchs Labyrinth zu gehen, wird schnell scheitern. Dabei haut man sich den Schädel so oft an, dass man sicher nicht gescheiter herauskommt, als man hineingegangen ist. Wer aber im Zick-zack durchs Labyrinth geht, hat das Labyrinth schnell überwunden. Das ist eine alte Weisheit.

Probier einmal, gerade durch den Wald zu gehen, na da wirst du schauen. Die Kürze liegt eigentlich im Umweg. Was hat man davon, wenn man recht schnell irgendwo ist, sich aber fragt, wozu bin ich eigentlich da. Das ist ein Trugschluss, der uns heute oft genug unterkommt. Es ist ein platter Spruch, der Weg ist das Ziel, aber es ist tatsächlich so. Allein die Erfahrung, die man am Weg sammelt, macht einen dann am Ziel wesentlich reifer. Und sammelt man die Erfahrung nicht, dann ist man zwar am Ziel, aber genauso gut könnte man am Ausgangspunkt sein.

VOM ARMEN KORBFLECHTER UND DEN DREI QUELLEN

Ein Volksmärchen
der transsil anischen Zigeuner

Vor langer, langer Zeit, war‘s gestern oder war‘s heut, da ist einmal ein Korbflechter gewesen. Georg hat der geheißen. Mit seiner Mutter hat er in einer armseligen Hütte am Ende vom Dorf gelebt.

Die anderen Leute haben ihn schief angeschaut, weil er am linken Auge geschielt hat. »Gewiss hat er den bösen Blick«, haben die Alten zu den Jungen gesagt, »Dem ist nicht zu trauen. Geht ihm lieber aus dem Weg.«

Zu allem Unglück ist der Georg auf einem Fuß auch noch lahm gewesen. So hat er einen jämmerlichen Anblick abgegeben, wenn er am Heimweg müde von der Arbeit, schielend und lahm durch das Dorf geschlurft ist. Oft sind ihm dabei auch noch die Kinder nachgelaufen und haben ihn verspottet.

Den Georg hat das recht verdrossen. Ist er doch gutmütig gewesen wie ein Lamm. Immer wieder hat er das bisschen, dass er gehabt hat, mit Bettelleuten geteilt. Die anderen aber haben ihm seine Gutmütigkeit als Dummheit ausgelegt. Den »dummen Georg« haben sie ihn genannt.

Tag für Tag ist er hinausgegangen in den Wald. Dort hat er Ruten geschnitten und zu Hause daraus Körbe geflochten. Die hat er in der Stadt auf dem Markt verkauft. So sind die Jahre vergangen.

Einmal ist seine Mutter krank geworden. Immer schlechter ist es ihr gegangen. Schließlich ist sie im Sterben gelegen. »Hör zu, mein lieber Georg«, hat sie da zu ihm gesagt, «Kümmere dich nicht um das, was die Leute reden. Glaub' mir, aus dir wird noch einmal ein strahlender junger Mann werden. Du wirst ein Leben in Wohlstand führen und die schönste Frau der Welt heiraten.« Nach diesen Worten hat sie ihn gesegnet und ist gestorben.

Weinend hat sie der Georg begraben. Eine ganze Woche lang hat er jeden Tag eine Messe für sie lesen lassen. Dann hat er die alte Hütte verkauft und sich aufgemacht in die weite Welt. »Wer weiß«, hat er sich gesagt, «mein Glück kann ich wohl überall finden!«

In den Waldungen hat er sich die Ruten geschnitten und Körbe geflochten. In Städten und Dörfern hat er sie auf den Märkten verkauft. Das, was er dafür bekommen hat, hat für sein Auskommen gereicht.

Einmal ist er auf seinem Weg gegen Abend in einen Wald gekommen. Dort sind wunderschöne Ruten gestanden. Gerade waren die gewachsen und biegsam sind sie gewesen. Voller Freude hat er gleich etliche davon geschnitten und zu einem Bündel gebunden. Da sieht er aber noch Schönere. Das Bessere ist der Feind des Guten. So hat er die einen liegen

Bild: Vom armen Korbflechter und den drei Qellen

gelassen und die anderen geschnitten. Kaum, dass er damit fertig gewesen ist, da stechen ihm noch viel schönere Ruten ins Auge. Jetzt wollte er natürlich die haben. Der Tag ist vergangen. Immer wieder hat er immer noch schönere Ruten gesehen. So ist er tiefer und tiefer in den Wald hineingekommen. Dort sieht er mit einem Mal silberne Ruten – und dann goldene. Voller Freude hat er die Goldenen abgeschnitten und zu einem Bündel gebunden. Inzwischen ist es stockfinster gewesen. Kein Weg war mehr zu sehen. Nur ein Bächlein gluckste zwischen den Bäumen dahin. Das Wasser leuchtete hell im Mondlicht. Neugierig ist er dem Bach nachgegangen. Da kommt er zu einem gold glänzenden Felsen. Aus ihm sprudelt die Quelle, die das Bächlein speist, und ergießt sich in ein Felsenbecken. Neben der Quelle sitzt eine Jungfrau: Mutterleibnackt und schön wie die Sonnenkönigin selbst. Ein Leuchten geht von ihr aus, so hell wie der lichte Tag.

Der Georg hat das, was er da gesehen hat, kaum glauben können. »Schöne Jungfrau«, hat er gestammelt, »Sag, was machst du hier? Und wo bin ich?« Sie hat ihn nur angelacht und gesagt: »Wie du auf die Welt gekommen bist, mein Lieber, da ist wahrlich kein Stern vom Himmel gefallen![1] Was für ein Glück für dich, dass du hierher gefunden hast. Hier bist du

[1] Bei den transsilvanischen Zeltzigeunern heißt es. dass immer dann, wenn ein besonders schönes Kind auf die Welt kommt, das reich und wohlhabend wird, ein Stern vom Himmel fällt.

bei der Quelle der Schönheit. Versprich mir, dass du ihr Geheimnis niemals verraten wirst. Dann kannst du eintauchen und sie wird dir mehr helfen als sonst einem.«
Der Georg hat das alles nicht so recht fassen können. »Das verspreche ich wohl!«, hat er gestammelt und ist in das Becken hineingewatet. Langsam ist er im klaren, frischen Wasser untergetaucht. Wie er wieder herausgestiegen ist, da hat ihm die Jungfrau einen Spiegel hingehalten. Was er im Mondlicht gesehen hat, war kaum zu glauben: Einen strahlenden jungen Mann, kerzengerade und mit klarem Blick. Glückselig hat der Georg zu ihr gesagt: »Ich danke dir! – Aber sag: Wie kommst du hierher? Was machst du da? – Hast du denn keine Angst, so alleine mitten in der Wildnis?«

»Ich bin die Hüterin der Quelle. Gestern erst bin ich aus ihr heraus auf die Welt gekommen. In einem Jahr werde ich dann wieder als Schaum in der Quelle versinken. Wovor sollte ich mich also fürchten?«
»Du hast nur ein Jahr zu leben!?«
»Ein Jahr – es sei denn, es findet sich einer, der mich erlöst.«
»Aber wie? Wie kannst du erlöst werden? Sag es mir, und ich werde es tun!«
»Mich kann nur einer erlösen, der sich aufmacht und die Quelle der Weisheit findet. Schafft er das, trinkt er daraus und bringt er mir von dort das Wasser, so werde ich zur Menschenfrau.«

Da hat der Georg nicht lange überlegen müssen. »Sag mir, wo sie ist, die Quelle der Weisheit, und ich mache mich auf der Stelle auf den Weg.«
»Die Quelle weiß ich nicht. Die musst du schon selber finden.«
»Und wenn es bis an das Ende der Welt geht: Ich mache mich auf. Bevor das Jahr um ist, werde ich wieder zurück sein.«
Da hat die Jungfrau gelacht: »Jetzt geh! Ich will stets nur von dir träumen. Und bring auch für mich Wasser mit von dort.«
Drauf hat sie ihm eine goldene Flasche in die Hand gedrückt.

Kreuz und quer ist der Georg durch die Welt gezogen. Überall hat er nach der Quelle der Weisheit gefragt. Die Leute haben seine Schönheit bewundert. Niemand aber hat ihm sagen können, wo denn die Quelle der Weisheit zu finden wäre. Auf seinem Weg ist er in eine weite Einöde gelangt. Kein Baum und kein Gras ist da gewachsen. Dorniges Gestrüpp hat ihn gehindert am Fortkommen. Lange ist er herumgeirrt.

Am dritten Tag hat er einen Bach rauschen gehört. Er ist dem Rauschen nachgegangen bis weit hinauf in die Felsen. Mit einem mächtigen Schwall hat es dort goldenes Wasser aus dem Berg herausgedrückt. Neben der Quelle ist eine dicke, fette Frau gelegen und hat geschlummert. Vorsichtig – um sie nicht aufzuwecken – ist er näher gegangen. Die Frau ist trotzdem munter geworden. Sie hat sich gestreckt und gegähnt.

»Verzeiht, wenn ich euch geweckt habe«, hat der Georg gesagt, »Ich suche die Quelle der Weisheit. Wisst ihr, wo die ist?« Die Frau hat sich verschlafen die Augen gerieben und gegrunzt: »Was kümmert mich die Quelle der Weisheit!? Hier ist die Quelle des Reichtums. Wer in diesem Wasser badet, wird reich. Denn jeder Stein, den er danach angreift, wird in seinen Händen zu Gold. Huaaah, bin ich hungrig.« Und schon hat sie mit den Zähnen in ihren linken Arm hineingebissen und ihn verschlungen wie ein hungriger Wolf einen Lammschenkel. Kaum aber, dass sie damit fertig gewesen ist, ist anstelle des früheren ein noch dickerer und fetterer Arm nachgewachsen.
Die Frau hat den Georg vom Kopf bis zu den Zehen gemustert: »Du gefällst mir, so schön wie du bist«, hat sie dann gesagt, »Darum will ich dir eine Gunst erweisen. Tauch ein in das Wasser. Aber versprich mir, dass du keinem Menschen ein Sterbenswort verrätst von diesem Platz.« Das hat der Georg gerne versprochen. Er ist eingetaucht in das goldene Wasser. Beim Auftauchen hat die Frau schon wieder geschlafen.

Weiter ist der Georg durch die Welt gezogen. Wegen seiner Schönheit und seines Reichtums sind ihm die Leute in Scharen nachgelaufen. Mehr als eine Frau hat um seine Hand angehalten. Er aber hat nur die Eine im Sinn gehabt. Überall hat er nach der Quelle der Weisheit gefragt. Kein Mensch hat davon gewusst.

Schließlich hat sich das Jahr schon dem Ende zugeneigt. Seine Suche ist immer verzweifelter geworden. Einmal ist er zeitig in der Früh zu einem gewaltigen Gebirge gekommen. Plötzlich steigt da in der Wiese vor ihm ein kapitaler Hirsch auf. Das Geweih war ganz und gar aus Gold. Im Licht der aufgehenden Sonne hat es hell aufgeleuchtet. Majestätisch ist der Hirsch im Wald verschwunden. Der Georg ist ihm nachgegangen.

Gegen Mittag kommt er durch die Bäume hindurch zu einem mächtigen Felsen. An seinem Fuß sprudelt Wasser aus dem Berg. Davor sitzt ein steinalter Mann mit schlohweißen Haaren. »Ach, Großvater, weißt du, wo die Quelle der Weisheit zu finden ist?«
»Gott soll dich segnen, mein Sohn, du hast sie hier gefunden.«
»Darf ich davon trinken und meine Flasche anfüllen?«
»Trink bis dein Durst gelöscht ist und nimm dir mit, soviel du magst.«
Voller Freude hat der Georg die goldene Flasche herausgeholt und sie angefüllt bis zum Rand. Dann hat er von dem frischen, klaren Wasser getrunken. Je mehr davon über seine Lippen gekommen ist, desto frischer und klarer ist auch er selbst geworden. »Ich danke dir, Großvater«, hat er gesagt und einen Stein aufgehoben, der neben der Quelle gelegen ist, »Nimm diesen goldenen Stein. Er ist nur ein kleiner Dank für das, was ich hier bekommen habe.«

Der Alte hat abgewunken: »Behalte das Gold. Wenn ich wollte, könnte ich durch mein Wissen schon längst steinreich sein. Aber ich bin zufrieden mit dem, was ich habe. Mir fehlt es an nichts. Du aber zieh hinaus in die Welt. Schau zu, dass durch dein Wissen und deine Klugheit du selbst und auch andere glücklich werden.«

So hat sich der Georg auf den Rückweg gemacht und der Jungfrau das Wasser von der Quelle der Weisheit gebracht. War das eine Freude, wie die zwei wieder zusammengekommen sind. Innig haben sie sich umarmt. Dann hat sie aus der goldenen Flasche getrunken. – War sie vorher schon schön gewesen, so ist sie jetzt noch einmal so schön geworden.

Ihr könnt es euch denken, wie es gegangen ist: Miteinander haben die zwei ein neues Leben angefangen – in Wohlstand, Zufriedenheit und Glück. Wer weiß, wie viele Kinder sie bekommen haben. Und wenn sie nicht gestorben sind, dann leben sie wohl heute noch.

ENDE

HELMUT WITTMANN IM INTERVIEW MIT URSULA BURKERT

GEDANKEN

Das Märchen zeigt viele Wege durch die Wirrnisse des Lebens. Im Märchen ist der Wald immer wieder das Symbol für die Welt. Und der Wald war bei uns seit jeher Urwald, undurchdringlich, verworren, man hat sich leicht verlieren können. Oft genug kommt es vor im Märchen, dass man sich verirrt hat im Wald.

Es gibt ein wunderschönes burgenländisches Zaubermärchen vom weißen Wolf. Der König verirrt sich darin auf der Jagd im Wald. Er hat sich in der Welt verloren. Darum findet er nicht mehr zurück ins Schloss. Er ist entwurzelt. Und jetzt kommt der schwarze Jäger, eine fürchterliche Gestalt. Der sagt: "Pass auf, ich zeig‘ dir den Weg zurück. Aber ich verlang‘ meinen Preis dafür.“ Das ist eine Situation, in die wir oft genug kommen. Wir haben alle miteinander ein durchaus komfortables Leben. Es herrscht einen relativ hoher Wohlstand. Ja, das heißt, eigentlich sind wir genau in der Situation: der König, der sich im Wald verirrt und jetzt nicht mehr weiter weiß in dieser Welt. Und jetzt kommt das Unbewusste und sagt: "Freund, den Weg zurück zeig´ ich dir, aber ich verlange meinen Preis.“ Dann stellt sich die Frage, ist man bereit auf die Bedingung einzugehen oder rennt man lieber weiter ein wenig im Wald herum. Im Wald kann man ja auch vieles entdecken: eine Quelle der Schönheit, eine Quelle des Reichtums, eine Quelle der Weisheit. Und hat man selbst daraus getrunken, dann stellt sich die Frage erst recht: Wohlstand schön und gut – aber wo ist die Wundernachtigall? Ist das eigene Leben ein festgefügtes Gebäude? – blitzsauber, besenrein, aber starr. Oder singt darin der eigene »Vogel«!?

Helmut Wittmann

AUTOR

Viele Umwege haben den Oberösterreicher Helmut Wittmann, Jahrgang 1959, zum Märchenerzähler werden lassen. Als staatlich geprüfter Filmvorführer, Spieleerfinder, Schlosssekretär, Buchhändler, Texter und Landarbeiter hat er sich durchs Leben geschlagen, bis er vor etwa 15 Jahren in die Welt des Märchens eintauchte. Seither ziert der erste "mit Märchenerzählen verdiente 100 Schilling-Schein" den Stiegenaufgang im Fischereck-Haus am Fuß des sagenumwobenen Kasbergs in Grünau im Almtal. Helmut Wittmann lebt dort mit seiner Frau Ursula und seinen Töchtern Heidemarie, Sigrid, Gundula und Clara. In den letzten Jahren beschäftigte er sich zusätzlich zu den für ihn sehr wichtigen heimischen Volksmärchen auch intensiv mit Überlieferungen aus dem europäischen Osten und Erzählungen aus der Sufi-Tradition.

In diesem Buch ist eine ausgewählte Sammlung von Märchen aus verschiedenen Kulturkreisen mit einem engen Bezug zu unserer Gegenwart veröffentlicht.

Weitere Erzählungen von Helmut Wittmann finden Sie auf seiner Website www.maerchenerzaehler.at oder im ...

BUCH

"WO DER GLÜCKSVOGEL SINGT"
Volksmärchen und Schelmengeschichten für ein ganzes Leben.
244 Seiten, Hardcover, mit Leseband, Ibera Verlag, Wien, ISBN 3-85052-030-7

Wer diese Sammlung zur Hand nimmt, findet darin wundersame Überlieferungen zu allen Phasen des Lebens: Geburt, Heranwachsen, Partnersuche, Hochzeit oder auch nicht, Berufsalltag, Älterwerden, Tod und Was-sonst-noch-kommen-mag.

Helmut Wittmann hat eine Auswahl von Geschichten ausgegraben, in denen die Lebensweisheit von Generationen steckt. Hier erzählt er sie neu.
Geographisch stammen die Überlieferungen aus den verschiedensten Weltgegenden, mit einem Schwerpunkt auf Österreich und dem europäischen Osten. Volksmärchen der transsilvanischen Zeltzigeuner sind darin zu finden, aber auch Überlieferungen der Bukowiner Armenier und Schelmengeschichten vom weisen Narren Nasreddin Hodscha.

Mit ihrer pfiffigen Weisheit machen sie den Kopf frei für neue Ansätze und regen das schöpferische Denken herzerfrischend an.